www.tredition.de

AF198417

ChrisTine Berges

# FUNKENFLUG

# POTENZIALWEISHEITEN

www.tredition.de

© 2020 ChrisTine Berges

Verlag und Druck: tredition GmbH, Halenreie 40-44, 22359 Hamburg

ISBN
Paperback:     978-3-7497-7942-0
Hardcover:     978-3-7497-7943-7
e-Book:        978-3-7497-7944-4

ChrisTine Berges

# FUNKENFLUG

# POTENZIALWEISHEITEN

**WIDMUNG**

Für alle, die daran glauben,

dass es besser geht, als man meint!

## VORWORT

In diesem Buch finden Sie Zündstoff, um brach-
liegende Potenziale zu zünden. Die gesammel-
ten Weisheiten über Potenziale gleichen Funken,
die kleine und große Potenzialfeuerwerke zu entfachen vermögen. Ich nenne sie daher auch Potenzialfunken.

Dieses Buch kann auf verschiedene Weise ver-
wendet werden. Einmal liest man es so, wie man
andere Bücher liest. Sie lesen es durch, um sich
zu inspirieren, und lassen sich im Moment von
den einzelnen Gedanken tragen und bewegen.

Sie können es aber auch als Ihr persönliches Ar-
beitsbuch verwenden. Sie nehmen sich einen Potenzialfunken pro Tag vor. Dazu können Sie das
Buch beliebig aufschlagen. Man prägt sich den
entdeckten Funken ein, beleuchtet ihn und ver-
sucht, ihn aus der ganz persönlichen Lebenssitu-
ation heraus zu verstehen. Wenn ein Funke überspringt, mag es hier und da „heiß" werden.

Das liegt in der Natur der Sache und ist nötig, um etwas Neues in Bewegung zu setzen. Denn wenn der Funke überspringt, werden aus Gedanken Taten. Das erfordert sicherlich MUT. Und mit MUT meine ich hier: **M**it **U**nsicherheit **T**UN. Denn möglicherweise können Sie auch mit dem kleinsten Funken etwas Unbekanntes in Gang setzen, dessen Folgen jetzt noch nicht abzusehen sind.

Dieses Buch ist auch ein Wegweiser für alle Führungskräfte, Berater, Trainer, Lehrer, Coaches, Facilitatoren, Erzieher und viele andere. Ihnen allen liegt die Entwicklung Ihrer Mitarbeiter, Schüler, Teams – schlichtweg der Menschen in ihrem Umfeld – am Herzen. Einzelne Potenzialfunken könnten handlungsleitend für Ihr Wirken in der jeweiligen Rolle werden und so ein ganz außergewöhnliches und bedeutsames Potenzialfeuerwerk entfachen.

Viel Freude am Funkenflug

Ihre ChrisTine Berges

ChrisTine Berges

# FUNKENFLUG

# POTENZIALWEISHEITEN

Potenzialentfaltung
setzt voraus,
dass angezogene Bremsen
gelöst werden.

Potenzialbremsen
sind in aller Regel
hausgemacht.

Potenziale
entwickeln sich am Besten
im Austausch mit anderen.

Ohne Begegnung
kommen Potenziale
kaum in Bewegung.

Wenn wir uns gegenseitig
ermutigen und inspirieren,
wachsen wir über uns hinaus.

Kein Mensch kann seine
Potenziale entfalten,
wenn er nicht
wertgeschätzt wird.

Die meisten
in uns angelegten Potenziale
bleiben im Verborgenen.

In uns angelegte Potenziale
sind selten auf den ersten Blick
zu erkennen.

# Mit Wertschätzung
gelingt Potenzialschöpfung
eindeutig besser.

Potenzialentfaltung
ist immer auch
ein Prozess.

Eines der größten
Missverständnisse
unserer Zeit ist es,
dass Potenzialentfaltung
leicht fällt.

Wer beflügelt ist,
hat besten Zugriff
auf sein Potenzial.

# Potenzialentfaltung
## ist eine Kunst.

Es ist meist bequemer,
den Zugang zu unseren
Potenzialen
weiterhin zu blockieren,
anstatt ihn weit
zu öffnen.

Die eigene Potenzialentfaltung
ist ein besonderes Abenteuer –
es hält viele Mutproben
für uns bereit, deren Bestehen
mit der Zufriedenheit des Seins
belohnt wird.

# Das Spiel
## fördert
## verborgene Potenziale
## zu Tage.

Ich wünsche mir FreiRÄUME,
in denen Potenziale entdeckt
statt blockiert werden –
Entwicklungsfreiheit
statt Bretter vorm Kopf.

Potenziale entdecken wir nicht,
indem wir bestimmte Rollen
erwartungsgemäß ausfüllen,
sondern uns
authentisch einbringen.

Emotionen
ermöglichen Entwicklung –
die guten
ebenso wie die schlechten.

Potenzialentwicklung
gelingt nicht
mit dem Kopf allein,
es braucht unser Herz,
unsere Seele
wie auch unseren Körper.

Einige Potenziale erleiden –
dem jeweiligen Zeitgeist
geschuldet –
großen Imageschaden,
sie werden verkannt
und abgewertet.
Man denke nur
an das Bauchgefühl ...

Glaube versetzt Berge.
„Ich kann alles",
weiß Lydia,
4 Jahre alt.

In uns steckt viel mehr
als wir für möglich halten.

Wer den Grund für
mangelnde Potenzialentwicklung
in den Umständen sieht,
hat noch einen langen Weg
vor sich –
wer Verantwortung übernimmt,
einen vergleichsweise kurzen.

Potenziale sind oft
hinter Widerständen
verborgen.

Einmal geweckte Potenziale
können so leicht nicht mehr
zurückgenommen werden.

Potenziale beflügeln sich
in wertschätzenden
Begegnungen.

Gott sei Dank: Die Wirkungen
der Potenzialzündung
sind nicht kalkulierbar.

Einmal geweckte Potenziale
gehen ihren ganz eigenen Weg.

Der würdigste aller Gründe
für Potenzialentfaltung ist
die Entwicklung
der Menschlichkeit.

Es lohnt sich,
immer wieder mal nichts
oder vermeintlich Unnützes
zu tun,
um zu erfahren,
welche Potenziale in uns
schlummern.

Es geht nicht nur darum,
Potenziale zu entwickeln,
sondern auch, sie wiederzufinden.

Es geht immer darum,
die Potenzialvielfalt
in ihrer Gänze zu schätzen.
Wer vermeintlich unnütze oder
unliebsame Potenziale ignoriert,
beschneidet sich selbst
und andere.

**I**m Spiel
zeigen wir ein Vielfaches
unserer Potenziale.

Potenziale
zeigen sich
oft unverhofft
und sind auch noch
auf viele andere Weisen
unberechenbar.

Der eiserne Hammer
der Wertung
und das scharfe Schwert
der Logik
sind Werkzeuge derer,
die lieber Projekte
als Menschen entwickeln.

Es weiß derjenige
um die Kraft
des zarten Pflänzchens
sich entwickelnder Potenziale,
der mit dem Herzen sieht.

Mit Blick in unsere Kindheit
finden sich
verloren geglaubte Potenziale
wieder.

Mit zunehmender
Digitalisierung
steigt unser Bedürfnis
nach echten Begegnungen.
Virtuelle Kommunikation
kann unser Bedürfnis
nach persönlichem Kontakt und
der damit verbundenen Chance
auf persönliche Entwicklung
nicht annähernd befriedigen.

Die Zusammenkunft
einer kleinen Gruppe Menschen
kann ein Potenzialfeuerwerk
entzünden,
welches unser aller Leben
nachhaltig verändert.

# Träume geträumt?
# Potenziale bewegt!

Man muss nicht wissen,
welche Potenziale sich
gerade in Bewegung setzen.
Es reicht zu spüren,
dass etwas in Bewegung ist.
Das nennt man dann Leben.

Erwartungen anderer,
Fremdsteuerung und Kontrolle
fördern die Entwicklung
unserer Potenziale
NICHT.

Potenzialentwicklung
geht einher
mit der Entwicklung
unserer Persönlichkeit.

Auch aus der
Retrospektive heraus
ist es für einen Potenzialzünder
schwer einzuschätzen,
was da gezündet wurde.

Potenzialentfaltung
eine Frage des Stils?
Direktheit:
lässt uns klarer sehen,
wenn es auch schwer anzunehmen ist.
Behutsamkeit:
lässt sich besser annehmen,
dafür mangelt es dann womöglich
an Klarheit.

Es ist eine ganz besondere
Energie spürbar, wenn Potenziale
in Bewegung kommen.
Dies zu erkennen,
setzt allerdings eine gewisse
Introspektionsfähigkeit voraus.

Der Umgang mit frisch-
oder wiederentdeckten
Potenzialen erfordert,
dass man sich auf Neues einlässt
und gleichzeitig Altes loslässt.

Unser Körper spielt
bei der Potenzialentwicklung
keine unbedeutende Rolle.
Befragen Sie dazu mal
Ihren großen Zeh.

Unser Körper
ist nicht nur
eine nutzlose Verlängerung
unseres Halses,
sondern
ein unerschöpflicher Quell
unserer
Potenzialentfaltungs-
möglichkeiten.

Selbstoptimierer und
Potenzialentfalter haben
unterschiedliche Beweggründe.
Der eine
ist sich selbst nie genug,
der andere
erkennt
seine Möglichkeiten.

Unternehmen
ermöglichen Potenzialentfaltung
meist nur dann,
wenn sie gewinnbringende
Potenziale im Visier haben.
Damit verschenken sie
ihre besten Möglichkeiten und
beschneiden die Entwicklung
ihrer Mitarbeiter.

Mit Betreten
eines Unternehmens
erkennt man bereits,
welche Rolle
Potenzialentfaltung spielt.

Wenn Du damit
beschäftigt bist, Dich
in den Vordergrund zu rücken,
gegenüber anderen zu prahlen,
Deinen Status zu betonen oder
Dich über andere zu erheben,
ziehst Du Deine Potenzial-
entfaltungsbremse fest an.
Hab acht, sie könnte festrosten.

In kleinen Gruppen
können sich Potenziale
wunderbar entfalten.
Diesen Zauber
vermag derjenige zu nehmen,
der sich mit langen Reden
in den Vordergrund der Gruppe
drängt.

Wer einmal
den potenzialentfaltenden
Zauber einer Gruppe im Flow
verspürt hat,
wird sich besonders dann
danach sehnen,
wenn Selbstregulation
durch Fremdbestimmung
ersetzt wird.

Aktives Zuhören
ist ein unschlagbares Werkzeug
der Potenzialentfaltung.

Es braucht eine Menge Mut,
sich authentisch einzubringen,
denn dann
riskieren wir uns selbst!

Potenziale entfalten sich
auch jenseits des Bewusstseins.

Es ist Dir
so unglaublich viel möglich.
Du bist Dir selbst
Deine größte Potenzialbremse.

Potenziale entwickeln sich
ganz natürlich,
ohne Zwang und Druck,
wenn man es nur zulässt.

Wer das Beste in anderen
zu sehen vermag,

fördert auch

das Beste in sich.

## MEHR DIESER ART: INSPIRATIONAL QUOTES
## von ChrisTine Berges

**Denk-Würdiges**. Erhellende Zitate von Menschen,
die aus Überzeugung heraus den Anspruch stellen,
andere zu motivieren und zu inspirieren.

YSC-Verlag,  ISBN 978-3-9814204-4-9, 48 Seiten, €7,90,
in hochwertiger Öko-Kartonage

**Frag-Würdiges**. Des Fragens würdige Fragen,
die man normalerweise nicht aufwirft, oder  Fragen,
die man sich üblicherweise nicht wagt zu stellen, oder
Fragen, denen man selbst gerne ausweichen würde.

YSC-Verlag, ISBN 978-3-9814204-2-5, 60 Seiten, €7,90, in
hochwertiger Öko-Kartonage

**Merk-Würdiges**. Durchaus merkwürdige, also des
Merkens würdige Weisheiten.

YSC-Verlag, ISBN 978-3-9814204-3-2, 44 Seiten, €7,90, in
hochwertiger Öko-Kartonage

**Auch direkt zu beziehen bei:**
**c.berges@berges-facilitation.de**

ChrisTine Berges,

geboren 1968,  studierte Betriebswirtschaft und
Grundlagen der Psychologie, lebte in den USA, England
und in der Schweiz, arbeitete als Führungskraft
in unterschiedlichen Rollen und hat sich seit jeher der
menschlichen Entwicklung im Miteinander gewidmet.
Diesem Kern folgend hat sie den potenzialbeflügelnden
Power-Facilitation® Ansatz entwickelt.

Als Leiterin der AcadeMEET ermöglicht sie Menschen wertvolle Begegnungen, hält Impulsvorträge, konzipiert begegnungs-und potenzialaktivierende Instrumente und vermittelt den Power Facilitation®- Ansatz an Führungs-kräfte, Trainer, Berater, Lehrende, Facilitatoren und Erzieher. Sie initiiert und fördert Begegnungen in kleinen Gruppen, ihre daraus resultierenden Erkenntnisse beschreibt sie in Büchern.

Als Power Facilitatorin bei Berges Business Facilitation unterstützt sie gemeinsam mit einem Team ausgebildeter Power Facilitatoren Unternehmen und deren Business Teams, über sich hinauszuwachsen.

Sie wirkt mit dem Ziel, beste Voraussetzungen für menschliche Entwicklung in Gemeinschaft zu schaffen.

Sie gilt als Humanistin aus ganzem Herzen.

FSC
www.fsc.org

MIX

Papier | Fördert
gute Waldnutzung

FSC® C083411

Zeitfracht Medien GmbH
Ferdinand-Jühlke-Straße 7
99095 Erfurt, Deutschland
produktsicherheit@kolibri360.de